Let's Learn Putonghua Picture Book
快樂普通話繪本

這是你的蛋嗎？

文 / 布恩　　圖 / 王茜茜

xiǎo hóu zi jiǎn dào le yī ge dàn　　tā duì sēn lín li de xiǎo d

小猴子撿到了一個蛋。他對森林裏的小重

ù shuō　　　　　nǐ men kuài lái kàn kan　　　zhè shì shuí de dàn
物說：「你們快來看看！這是誰的蛋？」

xiǎo hóu zi ná zhe dàn　　zhǎo dào le xiǎo mǎ
小猴子拿着蛋，找到了小馬。

<ruby>他<rt></rt></ruby><ruby>問<rt>tā wèn</rt></ruby>：「<ruby>這<rt>zhè</rt></ruby><ruby>是<rt>shì</rt></ruby><ruby>你<rt>nǐ</rt></ruby><ruby>的<rt>de</rt></ruby><ruby>蛋<rt>dàn</rt></ruby><ruby>嗎<rt>ma</rt></ruby>？」

<ruby>小<rt>xiǎo</rt></ruby><ruby>馬<rt>mǎ</rt></ruby><ruby>搖<rt>yáo</rt></ruby><ruby>搖<rt>yao</rt></ruby><ruby>頭<rt>tóu</rt></ruby>。<ruby>她<rt>tā</rt></ruby><ruby>說<rt>shuō</rt></ruby>：

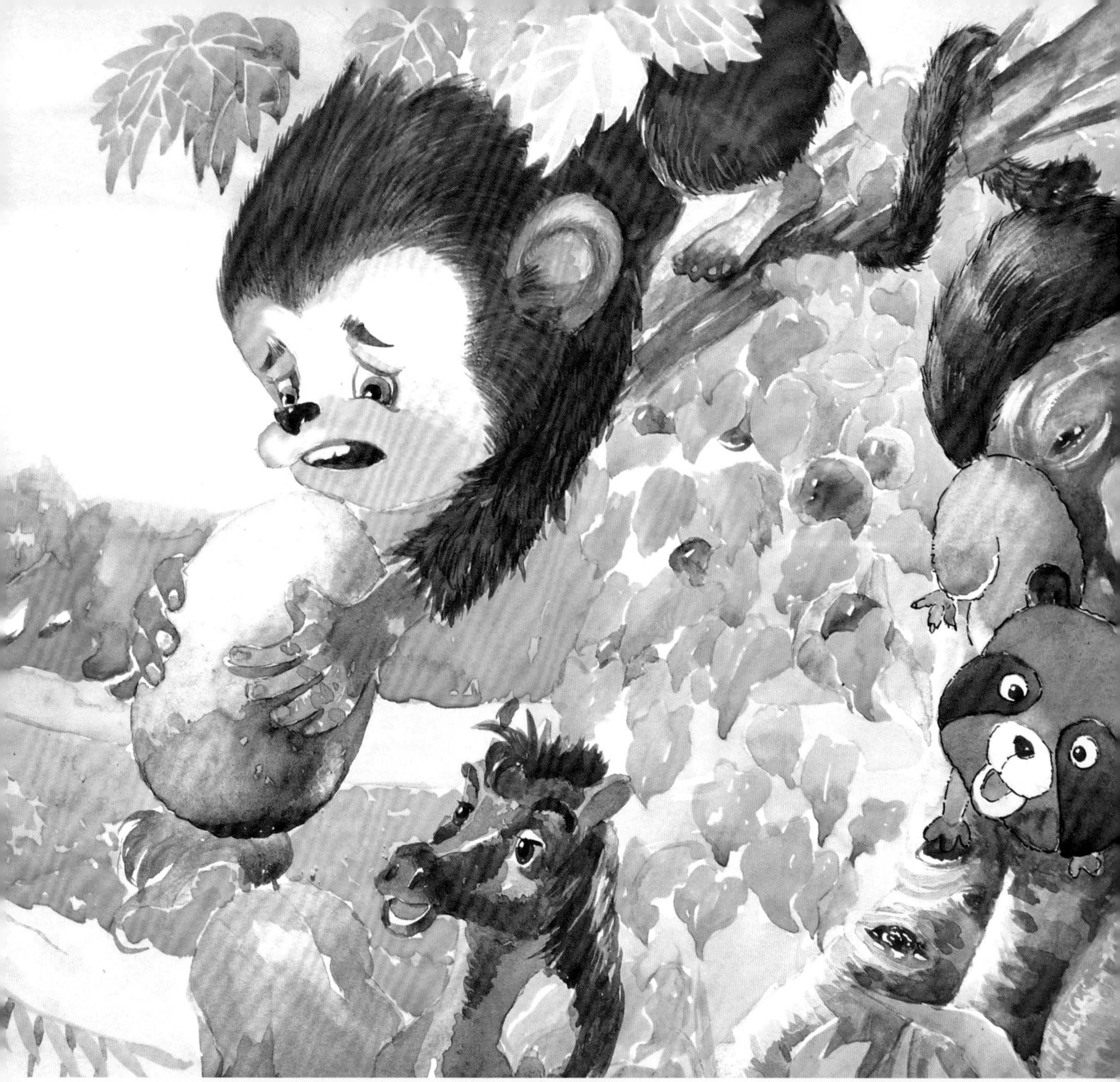

wǒ bù xià dàn
「我不下蛋。」

xiǎo hóu zi ná zhe dàn　　zhǎo dào le　dà xióng māo
小猴子拿着蛋，找到了大熊貓。

<ruby>他<rt></rt>問<rt></rt></ruby>：「<ruby>這<rt>zhè</rt>是<rt>shì</rt>你<rt>nǐ</rt>的<rt>de</rt>蛋<rt>dàn</rt>嗎<rt>ma</rt></ruby>？」

dà xióng māo yáo yao tóu　　tā lǎn yáng yáng de
大熊貓搖搖頭。她懶洋洋地

uō wǒ bù xià dàn
毛：「我不下蛋。」

xiǎo hóu zi ná zhe dàn　　zhǎo dào le gē zi
小猴子拿着蛋，找到了鸽子。

tā wèn zhè shì nǐ de dàn ma
他問：「這是你的蛋嗎？」

gē zi yáo yao tóu　　tā yī biān fēi yī b
鴿子搖搖頭。她一邊飛一

<ruby>我<rt>uō</rt></ruby>：「<ruby>我<rt>wǒ</rt></ruby><ruby>的<rt>de</rt></ruby><ruby>蛋<rt>dàn</rt></ruby><ruby>在<rt>zài</rt></ruby><ruby>窩<rt>wō</rt></ruby><ruby>裏<rt>li</rt></ruby>。」

xiǎo hóu zi ná zhe dàn zhǎo dào le hǎi guī
小猴子拿着蛋，找到了海龟

他問：「這是你的蛋嗎？」

海_{hǎi}龜_{guī}搖_{yáo}搖_{yao}頭_{tóu}。她_{tā}指_{zhǐ}着_{zhe}遠_{yuǎn}方_{fā}

uō wǒ de dàn zài shā kēng li
說：「我的蛋在沙坑裏。」

xiǎo hóu zi ná zhe dàn　　zhǎo dào le mǔ jī
小猴子拿着蛋，找到了母雞。

他問：「這是你的蛋嗎？」

<ruby>母<rt>mǔ</rt></ruby><ruby>雞<rt>jī</rt></ruby><ruby>搖<rt>yáo</rt></ruby><ruby>搖<rt>yao</rt></ruby><ruby>頭<rt>tóu</rt></ruby>。<ruby>她<rt>tā</rt></ruby><ruby>哭<rt>kū</rt></ruby><ruby>着<rt>zhe</rt></ruby><ruby>説<rt>shuō</rt></ruby>

wǒ de dàn zài chāo shì li
我 的 蛋 在 超 市 裏 。」

hū rán　dàn ké pò le　zuān chū
忽然，蛋殼破了！鑽出

ī zhī xiǎo kǒng lóng　　 dà jiā dōu hěn jīng xǐ
一隻小恐龍！大家都很驚喜！

<ruby>原<rt>yuán</rt></ruby><ruby>來<rt>lái</rt></ruby>，<ruby>這<rt>zhè</rt></ruby><ruby>是<rt>shì</rt></ruby><ruby>恐<rt>kǒng</rt></ruby><ruby>龍<rt>lóng</rt></ruby><ruby>的<rt>de</rt></ruby><ruby>蛋<rt>dàn</rt></ruby>！<ruby>這<rt>zhè</rt></ruby>

ng shì dì qiú shang wéi yī de kǒng lóng ne
……是 地 球 上 唯 一 的 恐 龍 呢 ！

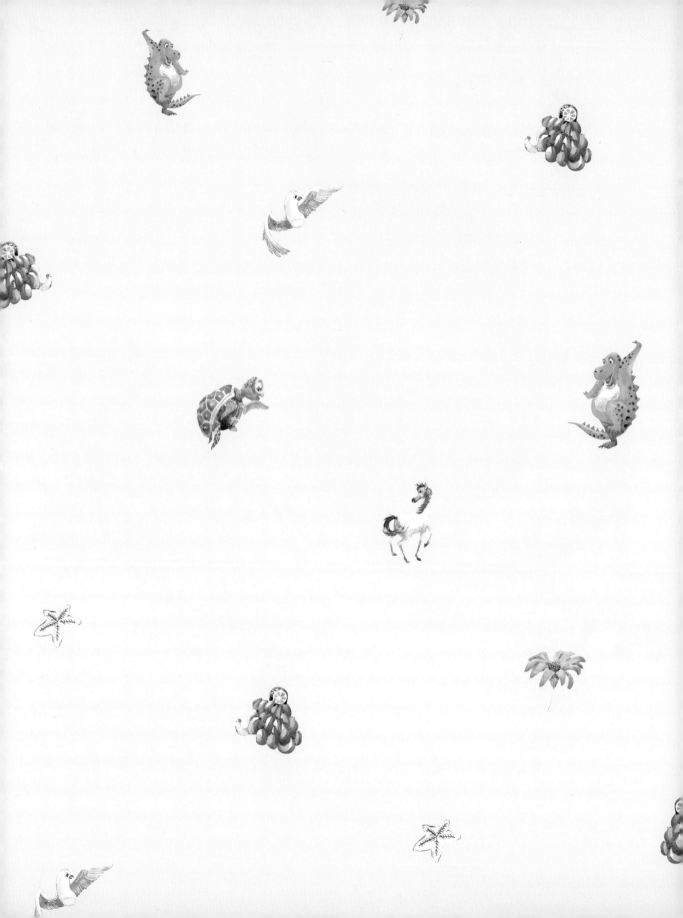